Fabian Navarro

Von A nach B

Gedichte und Kurzgeschichten

Lektora

Lektora, Paderborn

Erste Auflage 2014

Alle Rechte vorbehalten
Copyright 2014 by

Lektora GmbH
Karlstraße 56
33098 Paderborn
Tel.: 05251 6886809
Fax: 05251 6886815
www.lektora-verlag.de

Druck: MCP, Marki
Cover: Laura Hagemann
Lektorat: Lektora GmbH
Satz: Lektora GmbH
Illustrationen: Laura Hagemann, Hamburg

Printed in Poland

ISBN: 978-3-95461-018-1

Inhalt

„Everyone wants to get back to the place they know best", said Lily's grandmother.

„When you are old, though, sometimes that place is not just far away on the map but far away in time. How do you get home, then, when home is in another era?"

M. T. Anderson – Whales on Stilts -

A

Als das Bett und die Regale aufgebaut waren, fiel kurze Zeit später meine neue Wohnungstür ins Schloss. Durch das Fenster winkte ich meinem Vater zu, der sich wieder auf den Nachhauseweg machte. Zu dem Zeitpunkt war es sicherlich auch noch mein Zuhause. Denn weder die Reihenhäuser aus roten Ziegeln noch das türkische Handygeschäft gegenüber wirkten vertraut auf mich, ebenso wenig die schimpfende Frau, deren norddeutscher Akzent unten wütend durch die Straße fegte. Natürlich würde ich nie behaupten, dass die Kuhweiden, die vertrauten Gesichter und die beiden Kneipenschilder irgendwann aufgehört haben, in mir ein vertrautes Gefühl zu wecken. Aber ich denke, jeder der irgendwann sein Elternhaus verlassen hat, weiß, was ich meine. Tag für Tag wandelt sich die Bedeutung der Begriffe „Heimat" und „zu Hause". Langsam aber stetig. Du lernst neue Menschen kennen, verläufst dich im Hauptbahnhof nur noch sehr selten und weißt, wo es den besten Falafel und das günstigste Bier gibt. Du gewöhnst dich an Plakatwände, an Menschen, die dir Mitgliedschaften bei WWF verkaufen wollen, und du gleichst dein Schritttempo ein Stück weit an das der anderen an. Eines Tages sprichst du mit einem alten Schulfreund, den du zufällig getroffen hast, und irgendwann in den frühen Morgenstunden sagst du zu ihm: „So, ich glaub, ich geh mal nach Hause", und dabei denkst du sicher nicht an Dorfkirchen und deinen alten Schulweg, sondern an dreckige S-Bahn-Treppen und an den Mann, der gerade die Ladentür seines Handygeschäfts aufsperrt und dir freundlich zuwinkt. Kurz bevor du die Augen schließt, stellst du noch den Wecker aus. Morgen keine Uni, du bleibst zu Hause … äh … in der Heimat … na ja, irgendwo halt.

Hamburg

Zwischen Nebel und Bootsdämpfen
Wo Tauben mit Möwen um Brot kämpfen
Typen in Kneipengassen nach 18 Astraflaschen
ganz gelassen an Streifenwagen Wasser lassen

Da wohne ich nun

Bin mit großem *Trara* aus der Kleinstadt
geflüchtet
Hab alte Brücken verbrannt und neue errichtet
Als erhörte ein Klabautermann meine Gebete
Hab nun nicht mehr die Wahl zwischen
Schützenfest und Scheunenfete

Sondern kann wählen
zwischen Schanze oder Reeperbahn
für Astra oder Jever zahl'n
nicht mit dem Traktor fröhlich durchs Kuhkaff
fahr'n
sondern apathisch in den Schacht der U-Bahn
starr'n

Ja, vieles ist anders in der Hansestadt mit
Klischees
mit den Fischbrötchenbuden und den
Hafencafés
Wo vor der Roten Flora autonome Punks
chillen

dagegen Blankenesebonzen in ihren Prachtvillen
fröhlich pfeifend ihr Mahagoni polier'n
und sich all diese Eindrücke in diesen Strophen
verlier'n

Hier musst du auf dich aufpassen
da Mädels mit Bauchtaschen
dich gern in ihr Haus lassen
und dann furchtbar ausrasten
wenn du sagst
du hättest nicht verstanden
worum es hier geht

Hier sind in grauverschmutze S-Bahn-Fenster
Herzen geschmiert
und bei Nacht lockt mich die Stadt wie 'ne
Motte
die sich grad in Kerzen verirrt

Die Luft schmeckt noch neu
und die Menschen sind fremd
Es riecht nicht mehr nach Heu
wie es ein Dorfkind sonst kennt

Langsam kommt auch der Rest von mir dort an
wo mein Körper längst steht
und ich frage mich fortan
während der Wind um mich weht
eintausend Fragen, die sich um Neuanfang
dreh'n

... muss das jetzt auf Bunt- oder Kochwäsche
steh'n?

Mama
wie war das noch mal mit dem Bügelbrett?
Im Liegen bügeln ist zwar nett
doch du konntest das aus dem Stand
und angenommen, das Hemd ist grad komplett
verbrannt ...
Nicht, dass ich bescheuert wär
doch
wie ruf ich noch die Feuerwehr?

Als ich herkam, hoffte ich drauf
günstig in 'nem Altbau zu wohnen
und ich glaub, ich brauch nicht weiter betonen
dass mein Weltbild wohl mehr als verschoben
war
verrückt
behämmert
vollkommen idiotisch gar
abwegig und vollkommen bescheuert
denn so was ist hier maßlos überteuert

Ich krieg auf dem Dorf 'n Eigenheim
für drei Monatsmieten hier
und würde noch nicht pleite sein
Hätt noch Geld für ein, zwei Bier

So lief ich also schreiend vor diesem
Mietdespotentum fort
und landete schließlich in Rothenburgsort
Rothen-burgs-ort
Nicht Rotherbaum
Wo auch Polizisten sich nachts nicht mehr
trau'n
raus alleine auf Streife zu geh'n
Einige Menschen sehen hier aus
als hätten sie noch nie Seife geseh'n

Hier werden Fernseher verkauft, die „vom Last-
wagen fielen"
und Kinder müssen neben Spritzen im Sandkasten spielen
der Asphalt rollt sich unter getunten Karren
und deren
Reifen auf
und die Infrastruktur sieht wie die im
Gazastreifen in
scheiße aus

Das einzige Mittel zum Wieder-munter-
Stimmen
ist die Brücke über den Gleisen zum
Runterspringen
und
Stopp!

Ich möchte anmerken
dass ich manchmal ein bisschen übertreibe
und mich in Rage rede
damit ich nicht zeige
dass ich hinter einer einzigen Fassade lebe

hinter dieser bin ich unsicher
und hab Angst, was die Zukunft bringt
deswegen kling ich manchmal arrogant
oder wie ein wütendes Grundschulkind
das zu viel Battle-Rap hört

Mir scheint
dass ich an jedem Ort der Welt etwas zu
meckern hätte
auch in Berlin Barcelona oder Dubai – jede
Wette
Doch damit ist jetzt Schluss!
Ich möchte mich auf bevorstehende Zeiten
freuen
und meinetwegen werd ich in Rothenburgsort
davon weiterträumen
Das geht
Hoffe ich
Ich freue mich auf sonnige Tage mit Grillen im
Stadtpark
auf das Am-Bahnsteig-Ankommen 2 Sekunden
nach Abfahrt
Auf dass mich nach Slam-Touren hier wieder
Realität empfängt

und auf 'n Edding, wenn Matti wieder
betrunken auf der Theke pennt
auf stundenlanges Lesen im Philturm und
Kaffee im Creisch
auf das Vortragen dieser Motten-Kerzen-Zeile
und andren pathetischen Scheiß

Ja
sogar auf das betrunkene Hocken auf Treppen-
stufen
um irgendsowas wie Liebe zu retten versuchen
Auf das und noch mehr

An sonnigen Tagen geht's mir manchmal seltsam
dann sitz ich am Elbstrand
schau mir diese Welt an
weit weg von den Eltern
die mir die Frage gestellt ham:

„Sohn, vermisst du deine Heimat?"

Da weiß ich noch keine Antwort
doch vom jetzigen Standort
würd ich mal sagen:
„Manchmal. Aber wirklich nur manchmal."

Rothenburgsortpoesie

Ich geh zum Kiosk
trink ein paar Astra
Check ab mit Azlan
Im BMW läuft der Bass an
und wir besuchen Günter im Knast
Mann

Filmabend

(Hamburger Märchen, die so nie passiert sind I)[1]

Der Lokstedter Schrottschlepper
traf auf den Ottensener Crossdresser
und sie schauten
beim Flottbeker Croque-Esser
einen heftigen Schocksplatter

In dem Film
schlug ein Mann aus Hammerbrook
seine Mama mit einem Hammer tot
weil sie ihren Mann
mit einem anderen aus Hamm betrog

Das machte seinen Mantel rot
worauf er in die Schanze floh
und sich mit zwanzig Handkanonen
an den Wilhelmsburger Rand verzog

Zur gleichen Zeit
stand der Eidelstedter Meisterbäcker
in Volksdorf an 'nem Teichgewässer
und zerschnitt mit Fleischermesser
den Exfreund seiner kleinen Schwester
denn das konnte keiner besser

....

1 Da mir als Kind nie Geschichten über Hamburg erzählt
wurden, habe ich kurzerhand meine eigenen Mythen erfunden.

Nach dem Film
blickte der Lokstedter Schrottschlepper
auf den Ottensener Crossdresser
und den Flottbeker Croque-Esser
und sagte:
„Das war ja alles schrecklich … aber wisst ihr
was noch schlimmer wär?
Der Verkehr in Pinneberg.“

Der menetekelnde Oktopus aus dem Fleetbecken

Oder: Der Fischmarktfluch

(Hamburger Märchen, die so nie passiert sind II)

Er lag
auf der Theke der ekligen Käthe
rekelte seine Tentakel und flehte:
„Bitte
liebe Fischfangverkäuferin!
Steck das Hackebeil zurück
und raff mich heut nicht hin!
Denn ich bin
ein mächtig mystisches Meerestier
eine magische Molluske
beschere dir
Wünsche in meiner Fangarme Zahl
doch solltest du mich jetzt töten
seist du verflucht – du hast die Wahl!"

Doch Käthe
hatte keine Lust auf Schnacken
sie wollte lieber hacken
Und so ging es: Zack **Zack Zack**
und mit Ach und mit Krach
waren acht Arme ab
Krake: 0
Beil: 1
Schach und dann matt

Jedoch mit seinem letzten Schrei
rief der Oktopus herbei
Alle
Bismarckrollen und Zanderfilets
Hechte und Schollen drapiert in Bouquets
aus Salatblättern
in denen Hummerchips steckten
und nun Kräfte
die in ihnen schlummerten weckten

Kugelfischgardisten
hüpften um die Wette
Siedend heiße Fischstäbchen
wurden schwingende Florette
Die Sardinen in der Ecke
hatten schon ihr Fass gesprengt
und die ekelige Käthe in die Mitte von dem Platz
gedrängt

Ich brauch wohl nicht zu sagen
dass sie in jener Nacht verschwand
Nichts blieb von ihr übrig außer ihr Name und
ihr Stand
Und weil ich hier noch immer in ungläubige
Gesichter seh
sei Euch noch eins gesagt wenn ihr übern
Fischmarkt geht

Kurz bevor die Sonne aus dem Hafenbecken
steigt

und hechtsuppiger Nebel die Straßen kalkweiß bleicht
horcht kurz in die Stille und hört in eurem Kopf bewusst

„AAAAARGHH!"

– den letzten Schrei des Oktopus

Geisteswissenschaftler

Die Sonne scheint
dieser Tag startet warm
hab ein Muster aus Stempeln auf mei'm rechten
Arm
Und noch bevor dieses grausame Weckerding
schellt
steh ich schon am Fenster, wo auf meiner Nase
ein Schmetterling hält

'n bisschen Kater im Kopf
doch Endorphine im Blut
es ist fünfzehn Uhr morgens
dieser Tag startet gut

Und noch während ich mich
beim Frühstücksei
in Belletristik verlier
fühl ich mich fröhlich und frei
weil ich Germanistik studier

Der eine Satz

Ich saß vor einiger Zeit mit meiner Angebeteten betrunken auf einer Treppe auf dem Kiez und wir wollten klären, was das jetzt zwischen uns sei. Sie drängte mich, dass es doch nur ein einfacher Satz wäre, den ich sagen müsste. Dann wäre alles klar.

Also sagte ich:

„Meine Liebste,
wenn es doch nur möglich wäre, einen einzigen Satz mit den Mitteln, die mir durch die deutsche Sprache gegeben sind, zu konstruieren, um dir zu sagen, was ich an dir schätze und was mir an dir liegt, so würde ich alles in meiner Macht Stehende tun, mich an den Computer oder die Schreibmaschine setzen und mithilfe der altbekannten 26 Buchstaben, die mir das Alphabet an die Hand gibt, ein sprachliches Konstrukt erschaffen, dessen Schriftbild, Formatierung und Gliederung deiner naturgegebenen Anmut entsprechen würde, dessen Buchstaben die Farbe deiner rehbraunen Augen tragen würden und dessen Rhythmik dein Herz so doll schlagen lassen würde, dass es zwar nicht zerspränge, mir aber einen Spalt offen ließe, durch den ich hineinschlüpfen könnte, ohne mit dieser Formulierung jetzt weitere zweideutige Absichten

meinerseits kundzutun, obwohl du sicher schon denken musst, dass ich dich, so wie beinahe alle deine vorherigen Liebschaften, nur ‚hart ficken‘ will, wenn man mal von dem Schwulen absieht, der dich im Scheinwerferlicht der schäbigen Disko, in welche du dich am zwölften Mai begeben hast, für einen Kerl hielt, sich dann aber peinlich berührt zurückzog, als er in dein verwundertes und bildhübsches, für ihn aber nicht anziehendes Gesicht sah, so verstehe ich mich eigentlich als deinen ersten wirklichen Verehrer, der mehr in dir sieht als bloß ein biologisches Gegenstück, und wenn ich mir nun vorstelle, ein solcher Satz, den du hier von mir verlangst, könnte all das in Worte fassen, was ich dir bereits seit dem Tag, an dem ich dich durch dein Fenster beim Schlafen beobachtet habe, sagen möchte, und dieser Satz alle Gefühle verbalisieren könnte, von dem Zeitpunkt an, als ich über deine Freundin deinen Namen rausbekam, dich bei Facebook addete mit dem großen Gefühl des Zweifels, ob du mich überhaupt als einen virtuellen Freund annehmen würdest, zu dem Tag, an dem wir unser erstes Treffen im Park vor dem Sandkasten, in dem drei Kinder – ein Junge und zwei Mädchen – spielten, hatten, bis zu unserem ersten Kuss unter dem im Nieselregen flackernden Werbeschild eines Sonnenstudios, und wenn dieser Satz sogar eine Methode wäre, auszudrücken, was ich fühle, wenn du dich in meiner unmittelbaren Nähe befindest, dann müsste dieses ungewöhnliche Stück Sprache praktisch alles können, also auch Platz bieten für die vollkommen vom Thema wegführende, aber durchaus unterhaltsame Geschichte, die ich kurz einfügen möchte, die von einem alten König handelt, der, als er merkte, dass seine Zeit gekommen war, das Erbe für seine drei Söhne aufteilen wollte, und sie alle einzeln zu sich rief, um sich zu erkundigen, was sie sich als Erben wünschten, woraufhin der Erste das Land des Vaters erhielt, über welches er nun sieben Jahre herrschte, der Zweite alles Gold und alle übrigen Reichtümer bekam, mit denen er sieben Jahre durch das Land reiste, und sich an teuren Lokalen und billigen Frauen erfreute, während dem dritten Sohn die Liebe des Vaters ausreichte und er nur die goldene Kette um dessen Hals verlangte, die er im Folgenden niemals ablegte, auch nicht beim Schlafen, der dann, anders als seine wohlversorgten Brüder, eine Lehre bei einem Goldschmied antreten musste, der ihn nach sieben Jahren eines Nachts grundlos bestahl und die Kette des Vaters einschmolz, was dazu führte, dass die Brüder des Bestohlenen wütend auf den dritten Sohn waren, da er es nicht einmal schaffte, auf eine einfache Kette und das einzige Erbe seines Vaters aufzupassen, während sie Ländereien und Reichtümer von ungeheurem Ausmaß verwalteten, wodurch der nun verstoßene Bruder lernte, dass man es auch durch ehrliche Arbeit nicht weit bringt, ja, wenn auch das Platz in dieser von dir ach so gewünschten Aneinanderreihung von Wörtern hätte, dann scheue ich mich auch nicht zu sagen, um jetzt mal wieder zum Thema zurückzukommen, dass jede Stunde meines Lebens vergebens war, bevor du in mein Leben tratest, denn in deiner Gegenwart fühle ich mich verwegen und stark, unterschreibe ich blind jeden Vertrag, führe ich Sprache an die Grenzen des Unmöglichen und das jeden Tag und flüstere mit verlegener Art drei Wörter, die du statt dieses Riesensatzes mit mittlerweile 666 Wörtern – gezählt bis zur ausgeschriebenen Zahl 666 – hören möchtest, in dein Ohr, und wenn du diese drei Wörter nicht hören kannst, so will ich sie verstärken mithilfe von sechsundsechzig tschechischen Technikfreaks, die sonst Dubstep und Elektrobeats für Schwerhörige auf Crystal Meth und Ecstasy schmieden, um dir eine Vorstellung zu bieten, was ich für dich fühle: Ich liebe dich."

Sie sagte: „Na also, geht doch."

Unerforschte Galaxien
– Aufzeichnungen aus dem Elfenbeinturm

Für diese Geschichte
müssen wir uns weit von der Erde bewegen
vorbei an der Milchstraße und dem
Pferdekopfnebel
Wenn ihr pinkeln müsst
lasst uns kurz vorher noch mal eben den Mars
betreten
denn jetzt geht es hinaus in Systeme mit
schimmernden Gasplaneten
wo Asteroidengürtel sich um Himmelskörper
gigantischen Ausmaßes legen
und Trabanten sich seit Äonen in den wildesten
Laufbahnen drehen

Und dorthin
wo seit jeher immer weniger Sterne funkelten
und die Mondrückseiten derart dunkel sind
dass Darth Vader seinen Todesstern lieber
woanders parkt
und jeder Mondnazi vorm Schlafengehen die
Mama fragt:
„Kannst du bitte die Reichsnachtleuchte
anlassen?"

Dort liegt
im hintersten Hinterhof des Restaurants am
Rande des Universums

eine Mülltonne
und unter dieser Mülltonne gibt es einen
Quadratzentimeter Existenz
auf dem es vielleicht
ich betone VIELLEICHT
Sinn macht
Geisteswissenschaften zu studieren

Und wir reisen zurück
auf einen altbekannten blauen Planeten
wo sich seltsam ausgestaltete Wesen
noch komischer als überhaupt schon benehmen

Grundsätzlich gilt
dass der Mensch ein Säugetier ist
er braucht Nahrung und Licht
vollzieht die Paarung und frisst
hat ein paar Haare und Grips
er leert den Darm aus und pisst

Die Dauer zwischen Geburt und Tod dieses
Wesens heißt:
Lebenszeit
und diese zu füllen steht diesem Wesen frei
seit vielen Generationen
gibt es die, die Nahrung sammeln oder Häuser
errichten
Verbrecher fangen und die Leute beschützen
Feuerwehrmänner, die Brände bekämpfen
und Kätzchen erretten aus giftigen Dämpfen

Es gibt die
die Straßen bauen oder Kinder erziehen
die, die forschen in Physik, Chemie, Medizin

die andere aufschneiden und sie wiederbeleben
und dann gibt es die
die nichts tun
als zu reden
oder darüber reden
was andere Wesen beredeten
die in den entlegensten Gegenden
die abwegigsten Thesen spinnen
von denen auch nur die wenigsten
auch nur ein wenig stimmen
… oder nicht bewiesen werden können
… oder man kann das „so oder so" sehen

Das ist eine Krankheit
Ich bin persönlich betroffen

Früher in der Schule sagte man
dass diese Seuche landesweit grassiert
und es hieß auch
dass man sich
sehr schnell infiziert
Und auch ich
habe mich immatrikuliert

Nach dem Abitur
ging es ziemlich schnell

und ich wurd wie alle anderen
… individuell!

Auf einmal brauchte meine Mutter die Wäsche
nicht mehr zu waschen
Und an meinen Wänden ist ein Poster von Pulp
Fiction gewachsen
ich tauschte meinen Rucksack gegen
Umhängetaschen
und in meinem Flur stehen seitdem Unmengen
Flaschen

Meiner Liebsten sag ich nicht mehr: „Ich find
dich gut, wie du bist!"
sondern klopfe anerkennend mit meinem
Knöchel auf den Tisch
Was heißt hier Master of the Universe – ich
mach erst mal Bachelor
Wenn ich sage, dass ich koche, meine ich
Spaghetti à la Ketchup
Denn zwar hatte ich mich auf das Essen in
Ekstase gefreut
doch im Kühlschrank hat der Käse stets
Metastasen gestreut

Und jetzt wink ich dem Bäcker
mit 'nem Dinkelcracker
Hab für meine guten Freunde
in 'nem Jute-Beutel
die letzten Eintrittskarten

für 'nen Geheimtippladen
mit Undergroundkonzert
von einer Band, die keiner hört

Um mich herum
versucht jeder, mit seinen Thesen krass zu
schocken
Im Hörsaal riechts nach Rastalocken
Man sieht überall Mitbringsel vom
Work-and-Travel-Trip
„Deine Hosen aus dem Ashram sind wirklich
schick!"

Unsere gegenseitigen Ansichten
sind uns so ja latte
doch wir reden einfach weiter
schlürfend an der Soja-Latte

An sommerlichen Tagen
an denen Bibliotheksfenster blitzen
und wir über theoretischen Aufsätzen schwitzen
hab ich die Hand an der Kaffeetasse und den
Kopf in den Sternen
sitzend im Elfenbeinturm, wo wir uns vom
Weltlichen entfernen
Da greif ich zum Stift
Ob das hier wirklich Sinn macht … weiß ich
noch nicht
Klar ist

dass niemand bald auf uns zukommen wird und
schreit:

„HILFE!! MEIN VATER KRIEGT KEINE
LUFT MEHR! IST HIER JEMAND ANWE-
SEND DER … Kleist zitieren kann?"

Das vielleicht nicht
aber da ist ja auch
noch dieser eine Punkt
im Universum

.

Zusatzkurse Uni Hamburg

Hamburg • Der Fachbereich „Allgemeine Berufsbezogene Kompetenzen" an der Universität Hamburg erweitert sein bisheriges Angebot zum kommenden Wintersemester um zwölf neue, oft auch inter-disziplinäre Kurse. Bereits jetzt werden dort den Studierenden Qualifikationen und Einblicke in mögliche Tätigkeitsfelder vermittelt, die eine Orientierung im späteren Berufsleben erleichtern sollen. Bisher wurden die Lehrveranstaltungen von externen Mitarbeitern mit praktischen Erfahrungen aus den entsprechenden Berufen durchgeführt. Aufgrund des knappen Budgets der Hochschule wurde im April diesen Jahres nach freiwilligen Lehrpersonen gesucht. Die von Studenten und Studentinnen ins Leben gerufene Aktion trug den Titel „Die Zukunftspaten" und war zur Überraschung der Initiatorin Svenja Leschke ein „überwältigender Erfolg". Besonders die Studenten und Studentinnen der Geisteswissenschaften, deren Berufsaussichten bekannterweise nicht zu den besten gehören, können sich über Kurse zur Berufsfelderkundung freuen. Der Taxifahrer Manfred Wichert und der Nachtportier Halif Masaad geben wertvolle Tipps zu den unterschiedlich langen Rotphasen in der Innenstadt sowie interessante Buchtipps, mit deren Hilfe auch lange Nachtschichten rasch vorbeigehen. Das Angebot ist breit gefächert, so können sich Wirtschaftswissenschaftler ab sofort die Schlüsselqualifikation *Moralische Flexibilität* aneignen und Volkswirtschaftsstudenten mit dem Nebenfach Ethnologie haben sogar die Möglichkeit, bei einem noch nicht bekanntgegebenen Dozenten das Berufsfeld des Menschenhändlers zu erlernen. Weitere Kurse sollen in den folgenden Tagen auf der Homepage der Universität veröffentlicht werden.

Bücherwurm

Uggh ughh uggh ugh ugh

so klang es irgendwann einmal
im finsteren Neandertal
Inmitten der pelzbepackten Halbprimaten
roch man am Spieß das Kalb gar braten

Und an den nackten Höhlenwänden
malte aus der Gruppe Höhlenmenschen
jemand die ersten Wandcartoons
über die Vorzüge des Sammlertums

Viel später
folgten dann
Steintafelstapel und fleddrige Papyrusrollen
mühsam handbemalte Unikate
mit Ledereinband und es quollen
aus Federkielspitzen
unter Klecksen und Spritzen
Tintentinktursturzbäche
in Pergamentwüsten ein ·
schufen Sprachspaßbadoasen
einen blühenden Hain
es wuchsen Leselampenpflanzen
mit glühendem Schein
es gab Kaminfunkenglühwürmchen
und Kübel voll Wein

und egal ob in Stein
in Papier und Pergament
man las auf jedem Kontinent
von Kriegen, der Liebe und Pferden aus Holz
von Drachen und Helden mit merklich viel
Stolz
von versunkenen Städten und Bergen aus Gold
von Geboten und Sätzen, die es zu merken sich
galt

und all diese Welten entfalteten sich
kaum hatte ein flüchtiges Auge diese Zeichen
erblickt
Bücher waren Magie und die Schrift war
verzaubert
ob aus der Feder eines Mönches oder aus
Gutenbergs Bausatz

Ich erinner mich an mein erstes Buch

Das Cover heut ist abgenutzt und schimmert
matt
der Titel: Raupe Nimmersatt

Dieses Stück Poesie
Dieses Epos
Diese Coming-of-Age-Geschichte über
Selbstfindung, Disziplin und Persönlichkeit
ohne sie konnte ich nicht fröhlich sein
Und so lauschte ich tausende Male
der Stimme meiner Mutter Klang

und als die Zeichnungen begannen
sich wie durch Zauberei mit Leben zu füllen
reifte in mir ein Durst
der schien sich nur durch das Lesen zu stillen

Klar, ich war erst vier
und das, was ich „Lesen" nannte war eher ein
Auf-die-Seiten-Starren-und-den-auswendig-
gelernten-Text-Wiederholen
aber es hatte fast denselben Effekt
Andere Kinder spielten Fußball, Fangen oder
„Hau den Loser mit einem Stock"
Ich spielte Lesen … und bekam dafür meistens
einen mit dem Stock

Doch das hielt mich nicht davon ab
mit der Taschenlampe unter Bettdecken zu
hocken
und in Hogwarts' großer Halle auf ein Festessen
zu hoffen
mich mit Gänsehaut-Geschichten auf das
Heftigste zu schocken
und mit den drei Fragezeichen zig Verbrecher
einzulochen

Auch wenn es ein spezialgelagerter Sonderfall
war

Seither ist das Rascheln von Papier mein steter
Begleiter

und solange geschrieben wird, lese ich auch
noch weiter
Es gibt kein Sich-sattgelesen-Haben oder
Ausgeschmökert-Sein
keine Dünnschrift-Diarrhö und kein
Serifenfieber, nein

Ich spreche von Geschichten
in denen du dich wiederentdeckst
Wenn ein freudiges Schaudern
deine Glieder durchsetzt
wenn du an Figuren denkst, als wären sie real
und nicht bloß Buchstabensequenzen auf Papier
in deinem Regal
wenn die Welt um dich verstummt
und du erst wieder aufschaust
tauchen erste Sonnenstrahlen
draußen vor deinem Haus auf

Seit Kurzem jedoch
suchen mich Albträume heim
denn im Bus, in der Bahn und in der Stadt
allgemein
trifft man Menschen
die drücken mit dem Finger auf eine Art
Glasscheibe ein

In meinem Traum betrete ich eine Bibliothek
Dort stehen
Regalwolkenkratzer aus Eichen gezimmert

und erstrecken sich über die ganze Weite des
Zimmers
massiv und gigantisch, es packt einen der
Schwindel
doch das einzige, was drinsteht, ist ein einsamer
Kindle

Wo man früher
mit dem Finger über Buchrücken fuhr
und Staub von Folianten blies
sitzen Kinder bald und drücken nur
„Das geht ja gar nicht an, wie mies!"

Und
In meinen Horrorvisionen
fliegen Kampfbataillone
von Amazondrohnen
über ganze Nationen
und werfen Bücher von Charlotte Roche ab

Doch wenn ich dann aufwach
mit panikheischendem Blick
Die Wange auf den Seiten von gestern
und den Speichel wegwisch
ist alles nur noch halb so wild

Klar, die Zeit dreht sich weiter
doch solang der frische Buchgeruch
in Nasenhaaren kitzelt
man Gedanken per Notizen

an Seitenränder kritzelt
Kaffee- oder andere Flecken
zwischen Absätzen findet
glaub ich nicht, dass das Buch
so ohne Weiteres verschwindet

Mein Name ist Fabian und ich bin ein Bücher-
wurm
der gerne lesend in seinem Zimmer sitzt
aber satt bin ich noch immer nicht

Hugo.doc

Hallo. Ich bin Hugo und ich bin eine Figur in einem literarischen Text. Ich wurde am 20. Dezember im Jahre 2011 von einem frustrierten Germanistikstudenten geschaffen.

Er erstellte eine Datei mit dem Namen „Hugo. doc" und tippte blindlings die eben gelesenen sowie folgenden Zeilen.

Du findest es bestimmt nicht sonderlich innovativ, dass eine Figur in einem Text weiß, dass sie nur eine Figur in einem Text ist. Das ist doch keine geniale Idee. Gab's schließlich schon. Hat der Autor bestimmt bei *Sofies Welt* geklaut. Und jetzt schreibt der Autor auch noch indirekt, dass er das Werk kennt. Unfassbar.

Aber an mich denkst du gar nicht, oder? Ich, Hugo, stehe hier in diesem Text und weiß noch nicht, was mit mir geschieht. Zu allem Überfluss bleibt mir nicht einmal das Überraschungsmoment, in dem ich erkenne, dass ich nur eine Figur bin. Nein, der Autor hat mir dieses Wissen direkt gegeben. Ich bin sein Opfer. Wie ein kleiner Hund, der mit großen Welpenaugen den griesgrämigen Tierarzt anblickt, der ihm die Spritze zum Einschläfern drohend entgegenhält. Hast du nun vielleicht ein wenig Mitleid mit mir? Hat der Satz mit dem Welpen in deinem Kopf ein Bild erzeugt? Ja? Gut so!

Auch wenn ich nicht aus einer innovativen Motivation heraus entstanden bin, so bin ich dennoch ein Individuum, wenn auch ein fiktives, für dich nicht ganz greifbares Wesen. Wie Rauch, den man in komplizierte mathematische Formeln gefüllt hat. Ohh! Tolle Metapher. Oder doch ein Vergleich? Egal, es war ein tolles Stilmittel. High Five mit meinem Autor, der hoffentlich weiß, was er damit sagen wollte.

So, und nun? Der Lesefluss stockt ja ein wenig. Kümmern wir uns nicht mehr um meinen Schöpfer, sondern um mich. Ich weiß, bis auf meinen Namen und meine erwähnte Fiktionalität, gar nichts über mich. Lebe ja auch erst wenige Absätze.

Meine Frage wäre: Was geschieht, wenn du jetzt aufhörst zu lesen, weil dir das alles zu bescheuert ist? Existiere ich dann auch? Natürlich nicht! Schließlich manifestiere ich mich erst beim Lesevorgang in deinem Kopf. Also bin ich im Prinzip gerade in deinem Kopf. Interessant:
Ich – bin – in – deinem – Kopf.

Spooky, oder? Aber schön hast du es hier. Ein wenig durcheinander wirkst du, weil du versuchst, dieses Verwirrspiel hier aufzulösen.
Nichts da! Solang du liest, bleibe ich. Das wird vielleicht nicht immer so sein. Willst du ein Experiment wagen?

Ich bitte dich, wenn du schon bis hierhin gelesen hast, hör dir zumindest noch meinen Vorschlag an. Ich möchte nämlich in deinem Kopf bleiben.

Und zwar nicht mit dem Gedanken verknüpft: „Ich habe da einen Text gelesen, der davon handelt, dass die erzählende Person im Kopf des Lesers bleiben möchte."

Löse dich von deinen bisherigen Lesegewohnheiten. Lass mich dein Begleiter sein und nicht nur eine Figur aus einem Text, die du in ein paar Tagen wieder vergisst. Ich wäre so etwas wie ein imaginärer Freund. Also nicht so einer, der auf deiner Schulter sitzt und dir sagt, dass du Katzen anzünden sollst, oder dir rät, ein Mädchen durch ihr Fenster beim Schlafen zu beobachten. Nein, ich wäre einfach da. Es würde mir reichen, wenn du diesen Text ein paar Mal lesen würdest. Einfach so. Dann bleibe ich existent. So eine Art „gutartiger Computervirus". Nur halt nicht im Computer, sondern in deinem Kopf, verstehst du?

Vielleicht wäre der Vergleich mit einem Dschinn auch treffender. „Der Geist aus dem Text." Immer noch spooky, aber sei doch mal verrückt!

Halt mich doch bitte am Leben. Was wäre das für eine schändliche Welt, in der ich nur ein paar Zeilen existieren dürfte? Ich werde hier niedergeschrieben von irgendeinem armseligen Kauz und bleibe hier in diesem Text gefangen. Findest du das nicht unfair?

Bitte hilf mir! Wenn du mich nicht willst, dann gib mich doch weiter an jemanden, den du kennst. Dann kümmert sich hoffentlich irgendwann jemand um mich. Kennst du vielleicht ein paar hübsche Frauen?

Wenn du mich jedoch am Leben halten möchtest, dann tu etwas für mich: Notiere an allen möglichen Stellen, an denen du vorbeikommst, „Hugo war hier", „Liebe Grüße von Hugo" oder „Hugo stinkt heute ganz arg aus dem Mund". Lass mich Abenteuer erleben oder einfach in einem Café auf Kuba sitzen und mir die Sonne auf die Stirn scheinen lassen – Egal. Schick es meinetwegen an hugo@lektora.de – so würde ich zumindest weiterleben.

Wäre von dieser mittelmäßigen Idee des Autors als Text festgehalten worden. Wäre weiterhin von dir gelesen worden und schließlich von deinem Kopf aus ein lebendiger Teil deiner Welt geworden.

Ich könnte mich vielleicht entwickeln. Bitte!!! Nur weil ich eine literarische Figur bin, heißt das noch lange nicht, dass ich keinen Überlebenswillen habe.

Jetzt liegt es an dir. Wie du siehst, endet der Text in ein paar Absätzen. Ab da liegt mein Leben in deiner Hand. Doch dieser Herr Autor wird sich noch wundern, wenn ich ihm begegne. Als Notiz auf einer Bahnhofstoilette. Mit Edding über das Pissoir geschmiert. Als Eintrag in

einem Gästebuch. Als Statusnachricht bei Facebook oder als Hashtag bei Twitter. Ich bin Hugo
und das hier ist der letzte Satz in meinem Leben,
oder?

Für Annette

Am Horizont bettet sich die Sonne dahin
es bleiben orangene Streifen
und weil der Monat sich neigt
versuchen die meisten
ihren Dispokredit auszureizen

Auf Bürgersteigen tummelt sich ein lustiges
Volk
Graffiti klebt an den Wänden
Na, wer feiert wohl, hier mittwochs um acht?
Natürlich – es sind die Studenten

Mit klebrigen Händen wird Wein rumgereicht
beliebt ist der, den Petra hat
„Wo kommt der her? Italien vielleicht?"
„Nein, der ist aus dem Tetrapack!"

Es herrscht ein fröhliches Feiern in Kneipen
und Bars
es gleicht tanzenden Motten im Licht
Ein kurzer Balanceakt zwischen Exzess und
dem Spaß
bis nicht nur Petra auch das Reimschema bricht

„Ka... kannsu für mich wassutrinken holen?"

Fragt sie und drückt mir einen Schein in die
Hand

sie sagt zwar nicht, was sie will aber … Wein
nehm ich an
Zum Glück ist da noch ein Rest von meinem
Verstand
und erinnert mich, wo ich noch einkaufen kann
Oh schaurig ist's, zum Kiosk zu geh'n
wenn es wimmelt von feiernder Meute
bin kurz davor, wieder umzudreh'n
da finde ich doch meinen Weg durch besoffene
Leute

Will gerade bezahlen
als mir der Kioskmann 'nen Vogel zeigt
ob ich glaub, dass er idiotisch sei
Diesen Betrugsversuch bräuchte ich gar nicht zu
leugnen
als er beginnt auf den 20-Mark-Schein zu deuten

„Tschuldi", sag ich, bezahl mit Euros den Wein
und laufe hinaus mit dem grünlichen Schein
Und wie er so im Laternenlicht schimmert
fühle ich mich auf einmal an meine Kindheit
erinnert

Diese Frau da
mit den lockigen Haaren
mit der bezahlte ich einst meine Pokémon-Karten
Ich hab auf sie gespart und sie in die Tasche gesteckt
Moment … was war das? Ich glaub, hier
raschelte es!

Und aus dem Geäst neben der Parkbank
steigt ebendiese Frau mit flatterndem Haarband
sie blickt verwirrt umher, beinahe verzweifelt
und trägt Kleider, die man heute als „vintage"
bezeichnet

Sie murmelt:
„So stand ich plötzlich in der Zukunft Lande
Ich sah mich selber, gar gebückt und klein …"
Annette!
Wie fertig du aussiehst, was eine Schande
nimm erst mal 'nen Schluck von mei'm Wein!

Dann erzählt sie mir
die durch die Zeit gereiste Dichterin
sie wollte schauen
ob man sie heutzutage wichtig nimmt
Ihre Prosa akzeptiert
Ihre Lyrik rezitiert
sie sich wohl verbessert
oder doch verschlimmert
im Grunde will sie nur
dass man sich an sie erinnert
Will wissen, was sich seit
über hundertfünfzig Jahrn verändert hat
erzählt von ihrem Traum nach fremden Ländern
dass
Schücking sich nicht melden tut
sie hätt so gerne Heldenmut
doch als Frau sei das nur selten gut

So stehe sie nur Tag für Tag am Turme und …
… dann wird mir ihre Tour zu bunt

Ich sage
Anna Elisabeth Franzisca Adolphina Wilhelmina
Ludovica Freiin von Droste zu Hülshoff
chill mal!
Du machst dir zu viel Kummer

Du hast seit deiner Geburt schon stets zu
kämpfen gewusst
den grauen Alltag mit bunten Worten von den
Wänden geputzt
Warst im Gegensatz zu anderen stets klein, fast
kümmerlich
doch gehörst heute zu den Großen, sag, was
bekümmert dich?

Du weißt doch ganz genau, was für eine Gabe
du hast
Schon im Unterricht Verse im Alter von sechs
Jahren verfasst
Kinder heutzutage lernen da gerade erst Lesen
und Schreiben
oder ihren ersten Facebook-Beitrag zu liken

Deine literarischen Werke werden heute zum
Kanon gezählt
und *ich* bin schon froh, wenn man mich beim
Slam in ein Finale reinwählt

Eine ganze Nation hat dein Gesicht in ihrer
Geldbörse getragen
was hast du noch für Zweifel, empör ich mich
zu fragen

Du bist längst verewigt – es gibt Vereine für
dich
es kann doch nicht sein, dass du an deinem
Zweifel zerbrichst
Du hattest stets klare Ziele und sie schwebten
dir vor
und stehst jetzt vor mir: Generation Knabe im
Moor

die sich in der Frage verlor:
„Und was kannst du damit später mal
machen?!"

Du warst Dichterin und nicht:
„Work-and-travel-trip-und-dann-mal-sehen-
vielleicht-was-mit-Medien-oder-mit-Menschen-
ich-geh-nach-Berlin."
Das ist die wahre gespenstische Melodei der
Zukunft

Deinem Stand zum Trotz
bist du deinen Weg gegangen, ohne einmal
abzuschweifen
von dieser Zielstrebigkeit

könnte jeder hier versuchen, sich mal 'ne
Scheibe abzuschneiden
Und jetzt geh zurück
in dein Heidekraut geschwind
sonst bist du im Nu
von einem kleinen Kreis umringt
der wissen will
was du mit der Judenbuche meinst
und ich denke mal
Deutschnachhilfe
ist sicherlich nicht deins

Und so zieht Annette
sich in ihre Zeit zurück
in ihrem Blick vermischen sich
Verwirrung Angst und Glück
übrig bleibe ich
mit Petras Wein in meiner Hand
blicke auf den Horizont
Der Himmel ist Orange

Auf Worten über Zweisamkeit folgt doch meist die Einsamkeit

(Aus der Reihe: Alles wird besser, wenn man Zombies mit einbaut)

Schon zu der Zeit
da wir dem Schlürfen von Capri-Sonnen
lauschten
und von Pokémon die Karten tauschten
mit Dreirädern auf irrsinnige Fahrten rauschten
und glaubten, dass Zombies in Omas Garten
hausten

war ich bei Frauen stets der Verwirrte, der
vorzeitig Frustrierte
schrieb mit zwölf Liebesbriefe an die Maulende
Myrte
Es ist vielleicht nicht klug, dass ich das hier
berichte
doch erklärt es am besten meine letzte
Geschichte

Denn
jedes Mal, wenn jemand mein Herzblut zum
Kochen bringt
und pure Leidenschaft durch das Mark in meine
Knochen dringt
scheint mein Verstand zu verreisen und
auszusetzen

mein Gemüt zu enteisen und auszubrechen
meine Glieder versteifen und die im Bauch versteckten
Schmetterlinge starten großes Chaos und Action
Und dann kam *sie*
Vor etwa drei vier Wochen
plötzlich wie aus dem Erdreich ausgebrochen

Beim ersten Date mit ihr
bin ich beinahe weggeschreckt
weil das Fleisch an ihrem Körper
nicht mehr das Skelett verdeckt
Sie wohnte in einer Gruft
und lud mich dorthin ein
beim Candlelight-Dinner
im roten Grablichterschein

Das Moos auf dem Boden
bot uns ein Bett für die Nacht
Als Geschenk hatte ich
Pralinen aus Mett mitgebracht

Sie war geil auf rohes Fleisch
und nicht auf junges Gemüse
der Duft der Verwesung
drang bei ihr aus jeder Drüse

Wie liebevoll der Madenschwarm
ihren Körper zerfetzte

und mich das präkoitale Stöhnen
in Erregung versetzte …

**[An dieser Stelle bitte ich Dich, lieber Leser, in
ein kurzes, zombieähnliches Stöhnen zu ver-
fallen. Das ist wichtig.]**

So war ich schnell *unsterblich* verliebt in diese
Zombiebraut
wachte morgens neben ihr in einer Kiste in 'nem
Kombi auf
und als ich dann zu Hause war, begann ich einen
Liebesbrief
in dem ich alles, was ich fühlte
mit voller Inbrunst niederschrieb:

„Oh Liebste
seit wir in der Kiste waren, denk ich nur an dich
mir fehlt 'n Stück vom rechten Arm, doch das
stört mich nicht
denn du bist all das, von dem ich immer
geträumt hab
endlich kann ich meinem Psychiater sagen, dass
er sich getäuscht hat:

Dich gibt es doch!

Das war Liebe auf den ersten Biss und ich bin
infiziert
und eine Person, die dich so wie du bist

akzeptiert
mit all deinen Fehlern, ob psychisch oder
körperlich
viele sagen, du seist mörderisch
doch ich verspreche dir, das stört mich nicht

Denn du bist mein Modermädchenschatzi
das unter der Erde wie ein Schatz liegt
für dich werd ich zum Grabschänder und lern
Voodoo an der Volkshochschule
bestech den Friedhofparkwächter, bevor ich
dich mit Schlachtabfall vor Ort umbuhle

Du bist alles andere als Standard
ich wär so gern als dein Mann da
dein Stöhnen ist mein Mantra
Lieblingsserie Lieblingsband – Six Feet Under
und ich mach dir jetzt 'nen Antrag:

Sei meine kleine Pestblüte
meine Corpse-Bride
auf Ewigkeit
Lass uns heiraten, bis dass der Untod uns schei-
det
du willst sicher auch nicht, dass jemand
grundlos hier leidet
Also kreuz bitte an
im Angesicht des Schweißes auf meiner Stirne
JA – NEIN – VIELLEICHT – GEHIRNE"

Doch als ich mit Vorlesen geendet hatte
sagte sie nur:

**[Wenn Du bereits Spaß beim Stöhnen hattest,
dann darfst du das an dieser Stelle gerne wie-
derholen!]**

und fiel mir um den Hals
Doch statt des lang ersehnten Kusses kam nur
ein gieriger Blick
diesen zu deuten war grausam – schwierig doch
nicht:

Am Anfang dachte ich noch
„Was sich liebt, das neckt sich"
doch ihre Zähne war 'n zu hektisch
Das war keine Liebe, sondern pure Fleischeslust
und da packte mich die Eifersucht.

„Wen hast du noch vernascht? Sag mal hast du
kein Gewissen?"
Sie zeigte keine Reaktion außer weiteren Bissen
die verrieten, was sie wirklich war
Ich wollte es kaum glauben:
Eine Zombienutte – und ich nur ein Stück
Fleisch in ihren Augen
So endete das Ganze
– wie fast immer wenn ich Schluss mache –
mit großem Drama und 'ner Schusswaffe[2]

....

2 Basiert auf wahren Begebenheiten.

59

Heute im stillen Zimmer bei ner Folge Six Feet
Under
wiederhole ich ihr Mantra:
[Du weißt, was zu tun ist …]

Und denke an den Traum
von meiner
Corpse-Bride
auf Ewigkeit
doch mutiere jetzt
in Einsamkeit.

Helden malen

Der Zeitreisenmäään

Ich
schaff es nicht im Alltag Wunder zu vollbringen
weil 24 Stunden im Sekundentakt verrinnen
Denn morgen ist heute schon gestern
und nicht selten stresst mich das echt an
und obwohl die Leute ja Recht ham
die sagen:
„Das war jetzt zwar Pech, Mann
Doch da kannste nix ändern …"
frag ich mich, warum?

Es gibt kein Tier, das sich öfter irrt
als der Mensch es tut
Fehler machen zwar oft Spaß
doch sind nicht immer letztendlich gut:

Statt Fahrkarte dem Schaffner im Zug nur
zuzubellen
oder Sexvideos der Mitbewohnerin auf YouTube
stellen
#YOLO auf die Stirn eines Nazis schreiben
oder einen Penis auf den Antrag auf BAföG zu
zeichnen

macht zwar alles Spaß
doch man stößt an viele Grenzen

und auch in anderen Momenten
kann man die Zeit nicht rückwärts lenken
und kennt keine Konsequenzen
Ob das jetzt die Wahl des Studiums betrifft
dass das Zusammenziehen jetzt schon das
Richtige ist
dein Gegenüber
das, was es verspricht
nicht so schnell wieder bricht
– egal was es auch ist
Ich seh nur eine Möglichkeit:

ZEITREISEN!

JA!
Vergangene Schritte würden ungeschehen
und das, was kommt, würde ich direkt in meiner
Zukunft sehen

Also mal ich mir 'nen Helden, der das alles
kann:

Dort wo Staubkornflocken auf Glocken hocken
Und ein Uhrwerk leise tickt
Hinter einem Ziffernblatt
das die Zeit präzise misst

in einem hohen Turm
für den „alt"

noch gar kein Ausdruck scheint
wo Jahrmillionen sich vereinen

Aus Sanduhrsandstein
ward er erbaut
und bietet seitdem Heim und Haus
für einen Helden *unserer* Zeit
und der danach
und der davor
und der die mal gewesen sein wird

Es ist ZEIT-REISEN-MÄÄÄN!
Los! Vergesst die ganzen anderen Helden
er ist größer, besser, schlauer
Er ist immer super drauf
er nennt das die „Happy Hour"

Spiderman biss eine Spinne?
Ich bitte euch, was für ein Witz!
Unser Held wurde gezwickt
von mutierten Uhrzeitkrebsen aus der YPS

Sein Stil ist zeitlos cool und schlicht
Er hat auf seine Brust gestickt
ein Stundenglas auf rotem Samt
reist damit durch Zeit und Land

Er schläft in der Unendlichkeit
und lässt sich vom Urknall wecken
hat für alle Menschen Zeit

und kann „nur mal kurz die Welt retten"
… und geht dabei nicht jedem auf den Sack!

Seinen Gegnern schmerzt der Magen
er hat sie nämlich schon geschlagen
bevor sie seine Feinde waren

Und sie stöhnen voller Qual
vielleicht wurden sie auch deshalb seine Feinde
doch das ist mir jetzt egal

Er ist Thema Nummer eins
in den Schulen der Republik:
„Öy schöa! Zeitreisenmän hat dein Oma
gefickt!"
„Die ist schon lange tot!"
[…]
„ZEIT-REISEN-MÄÄÄÄN!"

Er frühstückt Dinosaurier-Eier
und geht dann im Zeitfluss baden
fliegt danach zu Kiosk Meier
und will eine Zeitschrift haben

Preisfrage:
Welche Wochenzeitung liest der Zeitreisenmän?
Die ZEIT?
Nein! Den SPIEGEL! Die ZEIT schafft nicht
mal er!

Er rettet Katzen von Bäumen
bevor diese gewachsen sind
reist zurück nach Fukushima
und warnt, dass dieses Kraftwerk spinnt

Verhindert Hitler, 9/11, Anders Breivik
und jedes noch so schlimme Übel, freilich

Manchmal ist Zeitreisenmän in einer Zeitschleife
gefangen
Manchmal ist Zeitreisenmän
in einer Zeitschleife gefangen
     in einer Zeitschleife gefangen

        einer Zeitschleife gefangen ...

Helden malen

Der Zeitreisenmäään

Ich
schaff es nicht im Alltag Wunder zu vollbringen
weil 24 Stunden im Sekundentakt verrinnen
Denn morgen ist heute schon gestern
und … oh man … wie geht noch der Text dann?

Egal, keine Ahnung
Was ich aber sagen wollte:

In einigen Momenten steht die Zeit besonders
still
Zeitreisenmän, den gibt es nicht, so sehr man
manchmal will
Das lässt zwei Konsequenzen zu:

Die erste wäre:
Wir sind im Chaosspiel allein
mit Illusion der freien Wahl sperrte man uns
einst hier ein
Wie soll man etwas richtig machen, wenn man
nicht weiß, was kommt
es passieren schlimme Sachen und nur wer
Glück hat, kommt davon

Doch ich für meinen Teil
werd mehr nach vorne schauen

und hinter mir lassen, was gewesen ist
Klare Zukunftsvisionen mit geschriebenen
Worten bauen
obwohl das nur 'ne Hypothese gibt
Vergangenes nicht ignorieren
und versuchen draus zu lernen
Aber nur weil Scheiße stets passiert
regnet sie nicht ständig aus den Sternen
Eigentlich wollte ich auch 'ne bescheuerte
Superheldengeschichte ohne Pathos schreiben
Na ja, ist auch anders gelaufen, als ich dachte
Rückgängig machen könnte das nur noch einer
...

Special: „Angriff der ..."

Du hast schon immer mal davon geträumt, deine eigenen Filme zu drehen? Der Titel *Angriff der Killertomaten* ist deine große Inspiration? Doch so sehr du dich auch anstrengst, die richtige Idee für ein Drehbuch will einfach nicht aufkommen? Damit ist jetzt Schluss! Mit dem folgenden Spiel kannst du allein oder zusammen mit den Kollegen aus der Filmproduktionsfirma kinderleicht eigene, kuriose Filmtitel nach dem Schema „Angriff der ..." generieren.

Dazu benötigst du einen 10-seitigen Würfel oder eine andere Möglichkeit, eine zufällige Zahl zwischen 1 und 10 zu ermitteln, sowie eine beliebige Anzahl an Mitspielern. Der Reihe nach wird gewürfelt (4-mal pro Person) und je ein Filmtitel generiert.

Beispiel: Du würfelst 3, 5, 6, 7, so ist der generierte Filmtitel: „Angriff der Unsichtbaren Drachen-Kommunisten mit Tentakeln". Ganz einfach!

Das Spiel gewinnt die Person, die alle anderen von ihrem Film überzeugt. Viel Vergnügen!

1	Zeitreisenden	Faultier-	Piraten	aus dem Weltall
2	Magischen	Käse-	Ninjas	auf Crack
3	Unsichtbaren	Geister-	Cyborgs	aus der Zukunft
4	Fünfköpfigen	Zombie-	Monstertrucks	Teil 3
5	Menschenfressenden	Drachen-	Kraken	Nackt
6	Vollkaskoversicherten	Penis-	Kommunisten	3D
7	Blutsaugenden	Nazi-	Einhörner	mit Tentakeln
8	Mutierten	Laser-	Katzen	und deiner Mutter
9	Hyperintelligenten	Vampir-	Amöben	Christmas Edition
10	Explodierenden	Wer-	Fledermäuse	in Love

Zocken

Wenn dein Leben nur den Bach hinunter zu
fließen scheint
du nie munter bist, kannst nur verdrießlich sein
gehst an jede Gelegenheit nur mit
Samthandschuhen ran
und die Frauen fassen dich nur samt
Handschuhen an

Du bist der kleine weiße Punkt
auf dem Bluescreen, der blinkt
hast den Kasten tausendmal rebootet
doch das System, ja, das spinnt
dir läuft kein Freund hinterher so wie in
Pokémon Gelb
Mann, das Leben ist ein Spiel! Spiel so, wie's dir
halt gefällt

Es ist wie in Mario Kart: Du fährst nur gegen
Bananen
bist auf dem besten Wege, dein Leben zu
verplanen
wirst überrundet von deiner dreijährigen
Schwester
hast den Stern, den blauen Panzer und bleibst
trotzdem noch Letzter

Du frisst Frust in dich hinein, so wie Pac-Man
Pflaumen verschmaust

vergräbst dich in deiner Welt und verlässt kaum
noch das Haus
deine neue Freundin trägt 'nen grünen Stein
überm Kopf
vielleicht drückst du bei ihr ja auch mal den
richtigen Knopf

Die Frage ist nur, ob dich das wirklich befriedigt
In China sagt man, dass *der Weg auch das Spiel
ist*

Doch in diesem Spiel wirkt die Grafik so
beängstigend echt
du hättest sie lieber wie in *Final Fantasy sechs*
Dir ist klar, dass du Probleme hast
Du kämpfst wie eine Kuh!

So verstreichen die Tage in deiner eigenen Welt
hast dir gegen den Frust Pizza mit Pilzen
bestellt
doch die machen dich nicht größer, sondern nur
schlapp und bequem
du gehst langsam game over, sollte sich hier
nichts mehr drehn

Nur der kleine Dämon, der dich weiter bestärkt
dir Chipstüten reicht, bis dein Geist nichts mehr
merkt
sitzt auf deiner Schulter, sein Grinsen ist breit

und steuert dich tragische Gestalt bis ans Ende
der Zeit

Und dann – ganz unverhofft – kommt dieser
entscheidende Tag
du läufst gerade mit Lara Croft durch irgendein
Grab
schießt lustlos auf Gegner und klickst mit der
Maus
Da! Ein Kurzschluss im Äther und der
Bildschirm ist aus

Zapp

Der Dämon, der kreischt, und auch du stimmst
dort ein
in die 8-Bit-Symphonie aus verzweifelten
Schreien
Selbst ALT STRG und ENTFERNEN – stets
Hoffnung des Lichts –
Zeigen Karpador-Reaktionen: Es geschieht ein-
fach nichts

Nun gibt's keinen Bluescreen, keinen Punkt
mehr, der blinkt
du lässt offen den Mund stehn als verwundertes
Kind

verharrst in dieser Stellung, während Stunden
vergehn

und dann ... ganz langsam beginnst du dich
umzusehn
Die Auflösung der Realität ist nämlich nicht
sechzehn zu eins
sondern dein Verhältnis als Mensch zu den
Pixeln des Seins
und während du merkst, dass deine Welt sich
resettet
siehst du an dir runter und bist gänzlich
verfettet

Dein reales Abbild spiegelt sich im Bildschirm
leerschwarz und verglast
bist nun Stereotyp des Zockers weit weg von
dem, was du warst
jeder Highscore ist geknackt, das Triforce
vereint
zurück bleibt ein kleiner Junge, der ungläubig
weint

Knapp sieben Jahre deines Lebens verschwendet
bis zum Abi gespielt, dann pausiert und beendet
ob am PC, dem Gameboy, der X-Box, der Wii
das Power-up „Mut" bekamst du leider nie

Du hast stets nur die Rolle des Helden gespielt
dich benebelt in irgendwelche Welten geführt
Im Reallife gecheatet, weil Verantwortung
anstand

wenn dein Weltbild sich drehte, machtest du
halt 'nen Handstand

Du stehst nun vor dem kaputten PC und vor
dieser Wahl:
Machst du **(A):** einfach die X-Box an oder
probierst es **(B)** noch einmal

[Wenn du dich für (A) entscheidest, lies auf der
nächsten Seite weiter, andernfalls überspringe
zwei Seiten für (B)]

(A)

Jetzt mal ganz ehrlich:
denn letztlich gefährlich
ist nur
demagogische
idiotische
Zockerhetze
Mach dich doch mal locker
schätze
das Daddeln Spielen und Zocken
und das sich Selbst-in-andre-Welten-locken
Realität ist auch nur *ein* Bewusstseinszustand

So sagst du lieber Sachen wie:
Ich mache schnell Cash
indem ich
als Klempner verkleidet gegen quadratische
Boxen spring
Bin so schnell aus den Schulden
dass ich Peter Zwegats Kandidaten zum Kotzen
bring
Steh in Fightgames
nur wegen Preisgeld
im Boxring drin
und bin so reich
da ich jeden Schatz
egal wie gut versteckt
trotzdem find
Einen Gruß raus an dieser Stelle

an meine Goldfarmerkids
Weil ich wegen ihnen
auf 'nem Epic Mount und nicht im Volkswagen
sitz

Und das ist ja wohl besser als so eine
Pseudomoral …
Life is a Game.

(B)

Als hätte jemand einen Schalter umgelegt:
stehst du urplötzlich auf, wie aus Hypnose er-
wacht
hast den Escape-Knopf gedrückt und wirst vom
Frohsinn gepackt
und nach einer Dusche, die ganz klar Symbolik
enthält
trittst du mit festen Schritten zurück in die Welt

verlässt deinen Stuhl und das Glasfaserkabelnetz
man sieht dich, wie du mit Vollgas auf die Straße
hetzt
so schnell du halt kannst
da du nicht der Sportlichste bist
aber das sollte sich ändern
solang du dein Wort nicht mehr brichst

Und zwar dein Wort nun alles zu ändern
und den Arsch hochzukriegen
du deine alten Freunde anrufst
die dich in der Tat auch noch lieben

und froh sind, dich nun endlich draußen zu
sehn
die dir die Zeit geben, die du brauchst zum
Verstehn
dass im Leben nicht immer ein Stein auf den
andern passt

wie bei Tetris
dir aber immer Menschen beim Drehen helfen
und zwar stetig

Tot in einer Ecke liegt der Dämon, wie man
später erfährt
da er sich nur von Angst aber von Chips nicht
ernährt

Angst, die du nicht mehr hast
da nicht ein schwerer Gedanke deinen Kopf
bedrückt
es ist, als hätte jemand auf einen theoretischen
Knopf gedrückt

Warum dieser Text? So pathetisch und
überzogen!
Und bestimmt ist davon auch die knappe Hälfte
gelogen!
Doch auch ich stand einst vor einer ähnlichen
Wahl
und hätte ich die versaut, wäre das jetzt wohl
fatal

Und ich bin glücklich!
Denn anstatt Menschen mit Gedichten vor
Bühnen zu rocken
wäre ich in diesem Moment nur bemüht, viel zu
zocken

Der Bestatter-Vatter

Ein Weihnachtsmärchen

Draußen legte sich ein weißes Flockengewand
bedeckte das sonst so trockene Land
mit silberweißen Kristallpuderschichten
sie hafteten an Dächern wie an eisigen Gipfeln

und dort in einem Hain versteckt
von der weißen Watte eingedeckt
stand ein Haus mit schiefem Dach
das in eben dieser Nacht
Schauplatz für ein Märchen bot.

Vater mit Tochter
die Mutter leider tot
lebten dort in Zweisamkeit
und auch in großer Einfachheit

Denn der Vater war
Bestattungsunternehmer
doch da im Märchenland ein jeder
glücklich lebt in alle Ewigkeit
brachte ihm das wenig ein

So hatte er kaum Kunden
Hartz IV war nicht erfunden

und er musste viele Stunden verbringen
um ihn und seine Tochter über die Runden zu
bringen
Seit einigen Tagen
war er besonders angespannt
denn überall im ganzen Land
begann ein Panorama dichter Facetten
aus Lichtern an Ketten
die Gesichter in Städten
zu erhellen und hätten
ihn eigentlich erfreuen müssen

Doch da gab es ein Problem:
Seine Tochter
Sie wuchs alleine bei ihm auf
und seitdem seine Frau
verstorben
schien sie durch und durch verdorben

Die Augen
hatte sie von ihrer Mutter
doch der Rest
schien cyndiös und chantalesk

Ihre Wangen glänzten wie Speckstreifen
ihren Bauch umschlungen sechs Reifen
die stets mit rosa Festkleidchen
oder Joggern aus Echtseiden
ummantelt waren
Handelswaren

wollte sie nur mit Marken bestickt
und den Vater beschlich
nun ein ungutes Gefühl
denn Weihnachten stand vor der Tür
Er verwahrte jede müde Mark
seit dem ersten Frühlingstag
zwar hatte er genug gespart
doch jetzt kam erst der schwerste Part

Die Geschenkauswahl

Und obwohl er es versuchte
jeden Wunsch abzulesen
von den Lippen seines bitterbösen
adipösen Tochterwesens
war bisher jede Bescherung
eine Katastrophe gewesen:

Da lagen Geschenkpapierfetzen
unendlich viel Plätzchen
ein, zwei neue Kätzchen

und heraus
aus dem Nordmanntannenlichterschein
sah man ein Gesicht her schreien:

„PAPAAA!!! ICH WOLLTE ABER DAS AN-
DERE PUPPEN-HAAAUUUS!"

Den Vater quälte das sehr
er wollt die Tränen nicht mehr
die das Gesicht seiner Tochter benetzten
und beschloss dem Ganzen ein Ende zu setzen
Er hatte von finsteren Dämonengestalten
einen Kredit zu guten Konditionen erhalten
Mit diesem Geld schien es möglich zu sein
dass ohne unnötiges Schreien
diese Zeit endlich mal harmonisch war:
Voller Eifer fragte er sein Kind:
„Und? Was wünscht du dir in diesem Jahr?"
„Ein Einhorn!"
„Ein Einhorn?"
„Ja, Papa! Ein Einhorn!"
„Aber Kind, Einhörner stehen doch unter
Naturschutz
Außerdem weiß ich nicht, ob der Weihnachts-
mann ..."

„PAPA, HÖR AUF MIT DIESEN MÄR-
CHEN! MANDY HAT LETZTES JAHR EIN
PONY GEKRIEGT, PAPAH! EIN PONY!
UND JETZT REITET SIE JEDEN MORGEN
DAMIT ZUR SCHULE UND ALLE MÖ-
GEN SIE, DIE DUMME KUH, WEIL SIE
ALLE AUF DEM PONY REITEN LÄSST,
NUR MICH NICHT, NUR WEIL ICH IHR
EINMAL GESAGT HABE, DASS IHRE
MUTTER WIE EIN ORK AUSSIEHT UND
SIE BESSER HÄTTE SCHLUCKEN SOL-

LEN. ABER PAPAAA! DAS WAR DOCH IM
SPIEL UND NICHT IN ECHT. PAPAAA,
ICH WÜNSCHE MIR SO SEHR EIN EIN-
HORN, BITTEEE!"

Einhörner:
Diese
auch in der Märchenwelt
sehr rar gesäten
majestätischen
Fabelwesen
die auch im Garten Eden
grasten
Eben jene
mit dem Blut, das Unsterblichkeit gewährt
bei denen jedes Mädchen kreischt
Ein Pferd mit Horn
dessen Anblick einem vor Ehrfurcht den Atem
raubt
weil man an so eine Schönheit nicht einmal in
Sagen glaubt
So zerfiel des Vaters Kartenhaus
in metaphorisch zarten Staub
und er sagte:
„…ääähhh okay"

Was hatte er getan?

Er hatte ein unmögliches Versprechen gegeben
und das nur aus Liebe zu diesem speckigen Wesen

Lange dachte er nach, während er so durch die
Tierabteilung seines Unternehmens schritt …
Dort lagen einige schneeweiße, schimmelnde
Schimmel
und auch ein Narwal im Grab – warum, weiß der
Himmel
Er hatte Nadel und Faden parat
und für einen Totenbeschwörer Honorar
angespart

Und so geschah es, dass
In einer mondlosen Nacht
die Sterne trostlos und matt
Der Vater bastelte im Lampenschein
so wie Doktor Frankenstein
Das Horn an den Kopf
und die Beine an den Rumpf
striegelte den Schopf
und flüsterte dann dumpf
Etwas wie Latein
Der Voodoo-Priester stimmte ein:

„Dominus Rectus!
Auditorium Maximum
Cosinus explosarum
Hic Forum est
Fugare satanii felazio
Dentalis Hygiensis
Pater Noster
Hokus Pokus!"

Zeitsprung!
Heiligabend.

„Papaaa?! Ist das das Einhorn? Ooooh, du bist
sooo liee…"
Vor ihr lag in Tuch gelegt
ein Tier
an allen Stellen zugenäht
mit Pferdekopf und Narwalhorn
improvisierten Hasenohren
mit leerem Blick
und Gier nach Fleisch
was dann passierte … ach, wer weiß
Ja, vielleicht lebten sie in alle Ewigkeit
doch das ist nicht bestätigt, nein

Was ich euch nur sagen will:
An eure Liebsten sollt ihr denken
doch übertreibt es nicht mit den Geschenken.

Reisen

Stell dir vor, dass du in deinem Bett
wie in 'nem warmen Brutkasten sitzt
und selbst die Sonne noch einmal die
Snooze-Taste drückt
So sehr der Tageslärm auch kämpft:
dein Fenster, das ist schallgedämpft
eingedämmt in Schlafes Reich
träumst du voll Behaglichkeit
von einem Ort

wo in lauen Sommernachtskulissen
durch die die Kastagnetten klingen
schöne Frauen ganz beflissen
von strahlend weißen Städten singen
Dort hört man rhythmische Gitarrensaiten
durch taktvolle Akkorde dringen
und Menschen in den Abendzeiten
tanzend bis zum Morgen springen

Es stehen Häuser dicht an dicht
Es flitzt ein Gecko über Sandsteinwand
Der Wind weht Salz in das Gesicht
und zeigt zum weißen Meeresstrand
weht Olivenöl und Gasherdduft
hinaus in Gassenschattenkühle
und weckt in dir – bevor die Nacht verpufft –
Urlaubstraumgefühle
Und die Hände der schönen Frauen …

RRRRRRRRRIIIIIIINNNN-
NNNNNNNNNGGGGGGGG

… waren halt nur ein Traum
Und so sind es statt der Sonne
deine Augen, die wie Feuer brennen
rasante Morgenrituale
und dich dann hinters Steuer klemmen
Du rast so schnell zur Arbeit
man könnt dich fast bescheuert nennen
doch lieber Augenringe
statt den Status des Gefeuerten

Und wenn du dann
bedröppelt und erschöpft zu deinem Kleinwa-
gen torkelst
in dem du auf der Rückbank Müll- und
Keimarten hortest
ist da nur ein Schild mit „Parken verboten"
und du siehst noch am Horizont die
die deinen Wagen abholten

Doch statt zu rasten
hastest du weiter mit
hochgezogenem Mantelkragen
durch rotlastige Ampelphasen

Hände in den Taschen zu Fäusten geballt
es liegen Scherben von Flaschen auf feuchtem
Asphalt

Die Wangen aschfahl und der Atem, der zittert
den ganzen Tag nichts gegessen und es ist weit
nach Mittag
Mit Vakuum im Magen hastest du zum
Straßeneck
dort fährt dir der Bus gerade vor der Nase weg
und als du dich zum Warten setzt
riechst du plötzlich stark entsetzt
einen Duft
der jetzt in deiner Nase steckt
du drehst dich einmal scharf nach rechts
wo eine Dame ihre Gabel reckt
und verspritztes Bratenfett
sich mit der Zunge von der Nase leckt

Schlurp

Und all das
macht dich zu einem seeehr traurigen
Pandabärchen

Einem Pandabärchen, dem dicke
Krokodilstränen aus den rabenschwarzen
Augen kullern

Da erinnerst du dich an den Kindergarten
als dir ein anderes Kind gegen das Schienbein
getreten hat

wurdest du gefragt, wo es dir denn weh tut
Du zeigtest auf dein Herz

Und dann bist du gelaufen
über Trampelpfade und Koppeln
die im Sonnenlicht schimmerten
abgeerntete Kornfelder
die an Vaters Bartstoppeln erinnerten

Glasklare Bäche
die kristallkavernengleich glitzerten
und dazu Vögel
die auch ohne #Hashtags pausenlos zwitscherten

Müde und erschöpft kamst du abends zurück
Die Erkenntnis war so einfach wie der Reim:
Reisen ist Glück

Und das zeigt sich in jedem
drückenden Rucksackriemen auf dem
Schlüsselbein
auf Wandertouren von Nord-Nord-Ost-
Norwegen nach Rüsselsheim
In Rollkoffergepolter auf Kopfsteinpflaster
Flughafen Hamburg – den Kopf voll Astra

An Tankstellen benebelt der Geruch von Diesel-
kraftstoff und Glasreiniger
und in Holland war man wegen Käse und nicht
wegen Gras
– ja, is' klar

Das geht an all die
die versuchen
Kalligraphie mit Zwillingskondensstreifen
an den Himmel zu zeichnen

An den, der
im Landrover auf Safari düste
und dem der Wind der Kalahariwüste
das sandverklebte Haar zerwühlte

An die
beim Gletscherklettern
eisverklebten Wimpern
und den unterkühlten Hintern

An das Tanzen
im Fahrkartenknipskonfettiregen
und an den Wadenkrampf
auf Trekkingwegen

An den
der auf einem Adler über den Grand Canyon
segelte
mit zwei Maschinengewehren in die Luft ballerte
einen Cowboyhut trug
in einen XXXL-Burger biss
und einfach mal
auf amerikanische Vorurteile schiss

Dem reicht dann jemand
einen Teller Baklava

weil er letztens noch
auf dem Basar in Bagdad war

DENN AUF REISEN SIND GEFÄLLIGST
ALLE MENSCHEN FREUNDE!!! ES KANN
DOCH NICHT SEIN, DASS DER ALLTAG
UNS ALLE SO FERTIGMACHT, DASS WIR
TODTRAURIG DURCH DIE STRAßEN
RENNEN UND DU EINSAM VOR EINEM
BUCH HOCKST, OBWOHL DU RAUSGE-
HEN KÖNNTEST, UM DIE WELT ZU ER-
KUNDEN. ICH FIND DAS SO DOOF!!!
...

Na gut ...
das ist jetzt gegen Ende etwas eskaliert
vieles war sehr kitschig und hoch romantisiert
doch ich hoffe, ein paar Dinge hab ich dennoch
transportiert
geht mal Wandern, fahrt mal weg ... schaut mal
was passiert

1000 Kilometer bis zum Meer?
Na Gott sei Dank!

Ein Text zum Thema Wasser? Nichts leichter als
das:
Wüsten sind trocken und Meere sind … feucht
Man kann in ihnen schwimmen und sie sind
voller Salz
und haste den Mund zu weit offen, schwimmen
dir Fische in' Hals

Es ist blau, wo die Segler in den Hafen fahren
und schwarz, wo die von BP geschlafen haben
Glitzernde Schaumkronen spiegeln der Sonne
ihren Glanz
im Soundtrack der Gischt vollführen
Meerjungfrauen einen Tanz

Winzige Sardinen und gigantische Wale
breite Kugelfische und zierliche Aale
unten auf dem Grund hält ein Hummer seinen
Schlummer
und Clownfische vertreiben bei Miesmuscheln
den Kummer

Eine farbenfrohe Lagune im
Korallenriffzauberschein
eine fantastische Welt – Sie scheint so sauber zu
sein

Sie steckt voller Mysterien und Abenteuer-
geschichten
ich höre so oft zu, wie Leute davon begeistert
berichten

Doch *poetisch* ist das weit gefehlt

Jeder, der dort war
ob Ballermann 6 oder am Strand von Hawaii
im tropischen Klima oder auf Norderney
ob rasante Jetskifahrten oder
Tretbootgeschleiche
im Endeffekt erzählen alle doch stets das
Gleiche:
„Ooooohhh … Das war sooo schön!
Ich hab Muscheln gesammelt und in der Sonne
gelegen.
Den ganzen Tag nur gegammelt und bin
schwimmen gewesen!
Ach das war schööön!"

So eine Scheiße
Ich hab kein Geld für teure Urlaubstrips und
Strandhotels
will mir nicht vorstellen
wie ich mich mit Sonnenbrand auf dem Sand
rumwälz
Hab keine Lust auf lauter kleine Blagen
die den Strand mit Sandburgen verschandelt
haben

Will keine alten Frauen
die nicht nur wie gestrandete Wale aussehen
sondern auch noch so singen
von Möwen fang ich gar nicht an:
Die weißen Ratten der Lüfte auf hässlichen
Schwingen
Einige Strände der Welt gleichen einem Basar
jeder, der an Touristen verdient, bietet dort
etwas dar

„Coca Cola Cerveza Fanta Auqa friaaa!
Coca Cola Cerveza Fanta Auqa friaaa!
Spri' Spri' Auqua Friaaa
Coco-nuu Coco-nuu Ananaas …"

Merkst du nicht
dass die Vorstellung vom Strand meine Nerven
zerfrisst
ich hoff, wir sind uns einig
dass diese Ansammlung von Schund ein Vortor
zur Hölle ist
Und auch das Schwimmen
in der größten Toilette der Welt
reizt mich überhaupt nicht
dafür verschwend ich auch kein Geld

Seit ich dort war, hat das Meer einfach seinen
Zauber verloren

Sie sagt darauf:
„Ooooch
Aber denk doch an einen Spaziergang am Strand
und dass der Mond ihn erhellt"
Ich denke an die angespülten Quallen
und das Wort: Naturminenfeld

Oh ja, wie romantisch!
Ich hab dir aus Algen ein Herz konstruiert
und dieser tote Vogel ist der Pfeil
der uns're Liebe symbolisiert
Geil!

„Aber schau hier, im Sand das Funkeln und
Blitzen"
Das Bunte ist Benzin und das Glitzern sind
Spritzen
Sollen wir uns legen? Wie auf Wolkenwatten
bett ich dich auch!
Angeschwemmte Tampons und Binden gibt es
hier zuhauf

Ich bin die Miesmuschel aus dem Sauerland
die hier am Strand das reine Grauen fand
Bin der gefürchtete Klabautergeist
der Touristen auf das Handtuch scheißt!

Hab keine Lust auf das Meer und bin auch noch
blank

dein maritimer Kitsch macht mich wütend und
krank
Ich disse dich, Meer! Du feuchte Pfütze vor mir
Du riechst voll nach Fisch und Robben pinkeln
in dir

Und all die märchenhaften Legenden um dich
sind nichts als gelogen und elender Kitsch
Arielle verdient den Titel Meerjungfrau nicht
mehr
sie wurd hart gef**** und hurt nun umher

Du bist voller Abfall Müll und strahlst
radioaktiv
und überhaupt: Warum ist dein Gesicht so
unfassbar schief?
Du bist eine Bitch, die schon immer nach Fisch
gerochen hat
jeder Kapitän sagt, dass er schon mal in dich
gestochen hat

Auch an Atlantis
die Stadt von großen Legenden
will ich nicht mehr als nötig
von meiner Zeit hier verschwenden
selbst wenn es sie gibt
– ist sie kein Paradies
und man wird nur gestört
und man vernimmt sogar die Klänge
die man hier oben auch hört:

„Coca Cola Cerveza Fanta Auqa friaaa!
Coca Cola Cerveza Fanta Auqa friaaa!
Spri' Spri' Auqua Friaaa
Coco-nuu Coco-nuu Ananaas ..."

Warum all der Hass auf das Meer und den
Strand so speziell?
Naja ... ist 'ne Kindheitsgeschichte ... erklärt
sich recht schnell
... Als ich acht war, haben mich meine Eltern
damals am Strand eingegraben und sind dann in
den Urlaub gefahren.

Tiefseekrabbe sein

Das ist
zitternd auf zugefrorenen Bahnsteigen steh'n
auf die viel zu weit entfernten Fahrzeiten seh'n
und mit Ringen unter den Augen zur Uni und
zur Arbeit zu geh'n
weil die beiden Uhrzeiger sich wie an anderen
Tagen auch dreh'n

Das ist
sich mit 50-Cent-Kaffee und Warten abfinden
und zwar darauf, dass endlich diese Phasen
verschwinden
immer wieder drücken gegen eine Wand aus
nassem Beton
und auch immer wieder Kraft finden für ein
„Das schaffen wir schon"

Immer wieder zweifeln und erschrecken
Standardzeiten für Tabletten
Morgenmuffel bleiben und sich streiten dann
beim Wecken

Und wenn du wieder glaubst
nicht in diese Welt an diesen verfluchten Tagen
zu passen
du Menschenmengen meidest und all die Farben
verblassen
dann sammelst du den ganzen Frust in dir

ziehst dir die Decke über den Kopf und wirst
zum Krustentier

Eine Tiefseekrabbe

Dann ist das einzig Schwere der Meeresdruck
auf dir
und weil man unter Wasser wie schwerelos
spaziert
scheint plötzlich alles leichter zu sein
denn Meeresbewohner paaren sich und laichen
im Freien

Dort auf dem Grund ist alles fröhlich und bunt
und der nährstoffreiche Seetang ist für alle
gesund
Komm, wir schmeißen eine Party und alle sind
da:
Sandy, Spongebob und Patrick und du daneben
der Star!

Dann baust du dir ein Muschelhaus
in dem du dich verkriechen kannst
an dem Ort wäre ich ein Rochen
und mit meinem Riesenschwanz

würde ich Liebesschwüre in Korallenriffe ritzen
und mit dir zusammen zum Quallenfischen
flitzen

selbstverständlich phallische Metaphern
überspitzen
denn Krisen überwindet man mit Lachen und
mit Witzen

Aber auch dort
bricht die Finsternis beizeiten ein
und wenn die Sonne durch die Oberfläche
in immer schmaleren Streifen scheint
das Wasser trübe wird
und ein Strudel dich
abgrundtief
in den Abgrund zieht
dann zieh ich dich wieder hoch

Ein paar Meerwassertropfen wische ich dir
davon
beuge mich zu dir rüber: „Das schaffen wir
schon"
Denn Tiefseekrabbe sein heißt auch:

Manchmal die schützenden Fassaden
aufzubrechen
Vor Angstgedanken nicht verzagen, sondern sie
laut auszusprechen
Menschen, die einem wichtig sind, endlich mal
zurückzurufen
kleine Schritte machen und es einfach Stück für
Stück versuchen

Und ich weiß
dass da diese Stimme ist
die immer wieder flüstert:
Was machst du da? Das bringt doch nichts!

Du willst doch nicht nach draußen gehen
und verstört vor deiner Haustür stehen
die ganzen fremden Menschen, die dich durch
ihre Augen sehen
können was du fühlst doch nicht einmal im
Traum verstehen

Und auch die vertrauten
verwandten Fratzen glauben
mit 'n paar Pillen und drüber reden
würde sich das wieder legen

Du weißt, dass du anders bist
Los, find dich endlich ab damit!

Doch egal wovon sie dich zu überzeugen
versucht:
Wir beweisen ihr das Gegenteil und ich bin
überzeugt, das wird gut
Denn sie ist ein Koboldgeist wie der Pumuckl
von Meister Eder
komm, wir schultern uns're Waffen:
Tiefseekrabbengeisterjäger

Aber ich mach mir auch nicht vor, dass das ein
Kinderspiel wird
Ich weiß, dass sehr sehr vieles für uns noch ein
Hindernis birgt
nur ein beschwerlicher Pfad aus der Finsternis
führt
und man Feuer machen muss, damit man im
Winter nicht friert
Das alles weiß ich doch
Ich bin ja nicht naiv oder so

und vielleicht
wird es sie wieder geben:
Telefonate mit Worten, die beben
Schluchzen und einem Kloß, der im Halse
steckt
eine greifende Hand, die mich aus dem
Halbschlaf weckt

ohnmächtiges Schweigen
weil alles gesagt ist
und während du da sitzt
wird dein Blick dann apathisch

Dann wieder von vorn: „Das schaffen wir
schon"
Tiefseekrabbe sein, aufseh'n
aufstehen und rausgeh'n

Ja, es dreht sich im Kreis
aber es geht auch nach vorn
und das ist der Beweis
für eine Spiralmuschelform

und wenn alles zu viel wird
kriechen wir dort hinein
Tiefseekrabben sein

Für mehr Toleranz

Irgendwann im Sommer
so genau weiß ich es nicht
sah ich sie und wurde
milchweiß im Gesicht

Es war beim Grillen im Garten
und mir versagte der Atem
zuvor hätt ich es nie gewagt
so was im Traum zu erwarten

Ich konnte nicht anders
konnte nicht ruhig dort verweilen
ging zu ihr rüber
und sagte folgende Zeilen:

„Du bist so süß wie Milchzucker
und mein Sahnehäubchentraum
Mein Herz das schmilzt wie Butter!
Ich möchte meinen Augen nicht mehr trauen

Du glaubst nicht, was für Gedanken grad
durch meinen Schädel fahr'n
Deine Haut, die ist so braun
wie der feinste Edelrahm

Bitte sieh doch nur
wie ich zitter zucke
und auch sogar schwitz

du bist wie meine Lieblingsmilch
anscheinend ultrahocherhitzt

Wenn du nicht schlafen kannst
steig ich nachts durch dein Fenster ein
bitte glaub nicht, ich sei bedrohlich
ich will doch nur dein Retter sein und
bring dir warme Milch mit Honig

Genug der langen Reden
mein Herz schlägt im Stakkato
ich lade dich jetzt ein
auf 'ne Tasse Latte Macchiato"

Ihre Antwort war zerschmetternd:

„Da kannst du aber weiterträumen
das ist für mich nicht so interessant
denn ich habe einen Freund
und bin laktoseintolerant."

Goldgelb nuancenlos

Ein Text über Hoffnung

Wenn ein dumpfes Trauergefühl deinen Magen
bedrückt
so, als hätte jemand flüssigen Teer über
Wasserfarben gekippt
Du Stiche spürst wie von riesigen Spritzen
das einzig Bunte in deiner Welt ist das Benzin in
den Pfützen

Du hältst es nicht aus
Deine Liebste verlässt dich
du sitzt in deinem Haus
vor dem leeren Teller am Esstisch
in diesem spiegelt sich am Himmel oben
dein persönlich verschimmelter Regenbogen

Statt grün, rot, blau
nun totes Grau

Friedenstaubenflügelschwingen zerfallen zu
Asche
und drei Schluck Wodka später siehst du den
Boden der Flasche
dann rat ich dir eins – auf Teufel komm raus:
Stell dich auf die Fensterbank und schrei dort
hinaus

KARTOFFELN!
KARTOFFELN!
KARTOFFELN!

Und alles wird gut
Du wirst sehn, diese Knolle gibt dir neuen Mut!

Ich sage dir, dass immer Gründe zum Hoffen
bleiben
solange die Menschen nur Liebe zu Kartoffeln
zeigen

Dein dumpfes Magengefühl, das füllen wir auf
spürst du erst mal die Wärme von Bratkartoffeln
im Bauch
Du siehst die Welt farb- und dich selbst
chancenlos?
Dann füll sie mit goldenem Gelb – und zwar
nuancenlos

Du musst wie die Knolle selber
reich an Stärke sein
und schnitzt dann für deine Liebste
ein Kartoffelherz im Kerzenschein

und wenn dann all deine Sorgen plus Hunger
beseitigt sind

geb ich dir endlich Rücken- statt ständig nur
Seitenwind

Zeige dir – du Held der Pantoffel –
den goldenen Pfad, den Weg der Kartoffel
Lass uns Gemüsegefühle wachsen lassen
mit dem Pflug Furchen im Stadtpark machen

Lass deine Pelle fallen und bekenn goldgelbe
Farbe
dich in der Erde zu lassen, wäre wirklich zu
schade!
Lass dich von mir motivieren
dich von der Knolle inspirieren

Und du wirst nie wieder frieren, denn:
In Zeiten da es noch keine Taschenwärmer von
Tchibo oder als billige Merchandise-Artikel gab
waren die Menschen auf die Kartoffel angewie-
sen. Die Knolle wurde in Wasser erhitzt und in
einem Taschentuch in die Manteltasche gesteckt.
So wärmte die Kartoffel die Menschen schon
sehr früh in der Historie. Und hinterher konnte
man sie auch noch essen – lecker.

Wenn dein Chef dich immer wieder ekelhaft
quält
wird sein Gesicht einfach mit 'nem Sparschäler
geschält

Scheiß einfach darauf, was all die anderen so
wollen
und lass sie sie ruhig spüren, die Rache der
Knollen

Zeig ruhig deine weiche Schale
deinen köstlichen Kern
und du wirst sehn
deine Mitmenschen verköstigen gern
jemanden, der authentisch ist
jemanden, der lebendig ist
der nicht nur auf dem Feld rumliegt
bis ihn ein Käfer frisst

Und wir entwickeln:
Kartoffelkäferresistenzen gegen das Nagen am
Herzen
Verhindern mit Frühlingskartoffeln deinen
Magen zu schmerzen
Färben mit Kartoffeldruck die tristen Seiten des
Lebens
Lass die Knolle aus dem Sack, denn dann ist
nichts mehr vergebens

Sie bedeutet Hoffnung, Lebensfreude und Glück
schneid dir nicht nur 'ne Scheibe ab, sondern ein
ganzes Stück
Lass sie als Saat der Freude in dein Leben treten
schwöre deinem Glauben ab! Hör auf mit dem
Beten!

Gott ist tot! Es lebe die Kartoffel!

Und nun geh!
Finde die eine Kartoffel, die dein Leben
verändert
gepflanzt einst am Schicksalsberg, den Gollum
gesprengt hat
mit Petersilie aus dem Auenland
und Crème fraîche aus Bruchtal
du hinterlässt hinter dir verbrannte Brücken
doch diese Asche ist fruchtbar!
Beiß die Zähne zusammen, dazwischen
goldgelbes Glück
schmeck diese Pflanze und du willst nie mehr zurück
von

Kartoffelpuffer, Brei und Spalten
Vom Pommes in Fritteusen halten
Während Knollen in der Butter brutzeln
bilden sich goldgelbe Krusten
Die Majo steht schon längst parat
so haben wir auch den Salat
die Oma stampft und kocht sehr eifrig
damit es einen schönen Brei gibt
Es dampft gar köstlich unbeschreiblich
bis die Knolle zart und weich ist
spitz die Zähne wie ein Haifisch
Das neue Antidepressivum
Schmeck die Knolle immer wieder

beiß hinein und …
… fühle es!

Ganz gleich was dein Leben so birgt
egal, wie oft du denkst, es wäre längst schon
verwirkt
Die Quintessenz ist
dass diese Metapher von Hoffnung
… komplett beschissen gewählt ist
Ich weiß …
Ich hätte Blumenkohl nehmen sollen
Doch setzt selbst anstelle der Kartoffel etwas ein
Denn Hoffnung muss immer sein.

B

Danke

Ich danke meinen Eltern für ihre Unterstützung und ihr unendliches Vertrauen in mich, unabhängig davon, für welchen Lebensweg ich mich entscheide. Ich danke Max und Jan Philipp für Teamtouren und die vielen Stunden in Asia-Restaurants. Ich bedanke mich bei den beiden Zeichenfeen Laura und Mona für ihre Freundschaft und die künstlerische Zusammenarbeit. Und auch Danke an Matti für WhatsApp-Wortspiel-Nachrichten um 02:43 Uhr. Danke an Jan-Oliver und Björn für ihr einzigartiges Engagement. Danke an Karsten, Andy und Sven – meine Slam-Hebammen und besonders Danke an Lena, ohne die ich gar nicht wüsste, was ich machen sollte. Danke, euch allen! Ohne euch würde es dieses Buch nicht geben!

Alles Liebe

Fabian Navarro

Bei Lektora erschienen

Patrick Salmen & Quichotte

Du kannst alles schaffen, wovon du träumst. Es sei denn, es ist zu schwierig.

Lang ersehnt, endlich in Buchform: Die literarischen Rätsel.

Die bekannten Slam-Poeten Patrick Salmen und Quichotte laden ein zur literarischen Rätselweltreise. Auf jeder Etappe der 111 absurden Rätselgeschichten wartet ein neuer „Aha-Effekt". Immer getreu dem Motto „Einfach zu lernen, schwer zu meistern" ist jedes Rätsel eine eigene kleine Herausforderung.

Zum Prinzip dieses Spiels: Die Leerstellen in den Geschichten dieses Buches gilt es, sinngetreu durch einen geografischen Begriff auszufüllen. Die Antworten der Rätsel finden sich in Spiegelschrift und auf den Kopf gedreht auf der jeweils folgenden Seite. Die Rätsel sind nach Schwierigkeitsstufen von 1 bis 5 geordnet.

Beispiel (Schwierigkeitsstufe I):

„Hast du mal eine ruhige Minute?", fragte die Katze den Hund, der just in diesem Moment am Gartentor dem Postboten auflauerte.

„Nein", erwiderte dieser, „ich ＿＿＿ ＿＿＿."

(2 Silben) Antwort: Belgrad – bell grad

ISBN 978-3-95461-014-3
9,90 Euro

www.lektora-verlag.de/shop

Bei Lektora erschienen

Sulaiman Masomi

Ein Kanake sieht rot

Dieses Buch ist das beste Buch, das ich je gelesen habe. Als ich dieses Buch das erste Mal in meinen Händen hielt, wusste ich sofort: Dieses Buch versteht mich. Es wird mich nicht so wie die anderen Bücher behandeln. Ich meine diese anderen verlogenen, untreuen Bücher, die dir den Himmel versprechen, aber das Leben zur Hölle machen. Es ist ein Buch, das auch im Haushalt hilft und die Kleinen vom Kindergarten abholt. Seit ich dieses Buch auf einer Onlineplattform kennen gelernt habe, geht es mir viel besser. Ich bin viel selbstbewusster geworden und habe endlich mein Idealgewicht erreicht. Ich möchte Sulaiman dafür danken, dass sich mein gesamtes Leben dank seines Buches in eine positive und lebenswerte Richtung verändert hat, und ich rate jedem, zwei Exemplare zu kaufen. Warum zwei? Nur zur Sicherheit. Es werden nämlich bestimmt einige versuchen, dein Masomi-Buch zu stehlen. Weil es so gut ist und jeder sein Leben in eine positive, lebenswerte Richtung verändern will. Darum sei nicht böse, falls das mal passiert. Kauf einfach ein Neues und streichel es, bevor du dich schlafen legst. Es heißt nämlich, man hat dann fantastische Träume.

Anonymer Brief

Sulaiman Masomi versammelt in seinem ersten Prosaband seine gesamten Kurzgeschichten-Klassiker wie zum Beispiel „Ein Kanake sieht rot" und „Ich weiß ES". Darüber hinaus finden sich im Buch auch neue und unbekannte Werke des wort- und nasengewaltigen Deutschafghanen.

ISBN 978-3-95461-019-8
12,00 Euro

www.lektora-verlag.de/shop

Sandra Da Vina

Sag es in Leuchtbuchstaben

„Der Zauberer hatte allerdings nicht damit gerechnet, dass ich meine eigene Säge dabei hatte."

Spot an! Zwischen diesen Buchdeckeln fluoresziert allerlei literarischer Mumpitz. Sandra Da Vina spielt mit dem Lichtschalter und beleuchtet das Leben in seiner skurrilsten Gestalt. Dabei liegen Tragik und Komik immer dicht beieinander.

Es sind nicht nur die Worte, die leuchten, sondern auch ihre Protagonisten. Ob ein verliebter Dino oder der trunkene Tod – Sandra schreibt von den großen und kleinen Begegnungen …

Ein Buch, das man dringend im Dunkeln lesen sollte. Wie eine heiß gelaufene Lavalampe wärmen Sandras Texte von innen heraus. Hier stehen die Helden im grellen Scheinwerferlicht, dort kuscheln sie bei sanftem Kerzenschein – dabei kommen die Geschichten mal wunderlich und laut, mal nachdenklich und leise daher.

Und immer in **Leuchtbuchstaben.**

Sandra Da Vina (*1989) wohnt in Essen-Süd, mit einem Spielplatz vor der Tür und in ihrem Kopf. Sie ist freie Autorin, studierte Germanistin und seit 2012 auf den deutschen Poetry-Slam-Bühnen unterwegs. Mit „Sag es in Leuchtbuchstaben" erscheint ihr erstes Buch.

ISBN 978-3-95461-016-7
12,00 Euro

www.lektora-verlag.de/shop

Bei Lektora erschienen

Jan Philipp Zymny

Hin und zurück – nur bergauf!

„Hin und zurück – nur bergauf" ist keine bloße Sammlung von
Poetry-Slam-Texten. Mit einer Menge surrealistischem Humor
und überraschenden Ideen beschreibt Jan Philipp Zymny
in skurrilen Erzählungen und Gedichten eine fantasievolle
Welt, in der alles irgendwie miteinander zusammenzuhängen
scheint. Dabei bleiben jedoch einige Fragen offen: Woher
bekomme ich einen Bademantel aus Hummelfell? In welchem
Verhältnis stehen ein Haiku schreibender Orang-Utan und
ein konfirmierter Gorilla zueinander? Wer ist dieser Eugen-
Jonathan? Was möchte der Autor uns damit sagen? Die Antwort
auf diese und andere Fragen lautet: JA!

„Selten lagen Wahnsinn, Genialität und Hummelfellmäntel so
nah nebeneinander."
(Fabian Navarro)

„Ich musste es Korrektur lesen. Nie
las ich Wörter in der Reihenfolge.
Manches ergab Sinn. Vieles auch
Unsinn. In der Summe erzeugen
alle Morpheme Frohsinn. Ich
tät's lesen wollen müssen, wenn
ich nicht schon dürfen hätte
sollen."
(Vater)

ISBN 978-3-938470-78-7
12,00 Euro

www.lektora-verlag.de/shop

David Grashoff (Hrsg.)

Das Slamperium schlägt zurück
Eine Nerd-Slam-Anthologie

Vor gar nicht so langer Zeit, in einer Galaxie gar nicht so weit entfernt, fanden sich einige der talentiertesten Poetry-Slammer des deutschsprachigen Slamperiums zusammen, um der Welt in einem ganz besonderen Buch ihre nerdige Seite zu offenbaren. Diese Anthologie ist eine Liebeserklärung an alle Facetten des Nerdtums, egal, ob es um italienische Klempner, asthmatische Sith-Lords oder um das Geek-Dasein an sich geht.

Mit einem Vorwort von Hennes Bender und Texten von:

Jan Philipp Zymny * Sebastian 23 * Andy Strauß * Patrick Salmen
Alexander Bach * Michael Heide * Jan Coenen * Sascha Thamm
Jan Moebus * Annika Blanke * Sandra Kozok * André Wiesler
Markus Freise * David Grashoff * Sven Stickling * Anika Hoffmann
Fabian Navarro * Matthias Marschalt * Andy Strauß * Matti Seydel
Sevi * Jay Nightwind * Michael Meyer * Schriftstehler * Eric Jansen
Tom Schildhauer * Thomas Spitzer

„Das Slamperium schlägt zurück" – wer bei diesem Titel noch nicht die Star-Wars-Titelmelodie im Kopf hat, hat seinen eigenen inneren Nerd noch nicht wirklich entdeckt. In diesem Buch wird er jedoch fündig. David Grashoff vereint in dieser Nerd-Slam-Anthologie Texte verschiedener Poetry-Slammer, die uns zeigen, dass wir alle ein bisschen nerdig sind.

ISBN 978-395461-017-4
13,90 Euro

www.lektora-verlag.de/shop